Leselöwen

Barbara Rose

Das Duell der Wölfe

Illustriert von Philipp Ach

Loewe

Ihre Meinung zählt!

Nehmen Sie jetzt an einer kurzen Elternbefragung des Loewe Verlags teil und beeinflussen Sie die zukünftige Entwicklung unserer Kinderbücher:

www.elternbefragung.online

Unser Kinderbuch-Newsletter bietet alle Infos zu Neuerscheinungen und tollen Veranstaltungen, exklusive Gewinnspiele und vieles mehr!

Jetzt kostenlos abonnieren: *www.loewe-verlag.de*

Inhalt

Die Falle 6
Echte Freundschaft 14
Das Erbe 22
Ein fieser Plan 32
Nokis wahre Gestalt 40
Gerechtigkeit siegt 50

Die Falle

Pfeilschnell jagen sich die Wölfe **Hakon** und Konu durch den Silberwald.

Sie spielen ihr Lieblingsspiel: Fangen.

Der Silberwald ist groß und weit.
Hier können die Wölfe jagen,
rennen und toben.
Keiner stört sie dabei.
Keiner beobachtet sie.
Sie sind völlig allein.

Die beiden Brüder sind in einer Burg aufgewachsen.
Ihr Vater Lupo ist der Hüter des Silberwaldes.

Doch je älter die Wölfe wurden, desto unterschiedlicher entwickelten sie sich.

Konu rennt schneller.
Immer schneller.
Noch schneller!

Was Hakon nicht weiß: Konu hat im Wald ein tiefes Loch entdeckt. Es ist gerade groß genug für einen Wolf.

Hakon läuft genau auf das Loch zu.
Er ahnt nicht, dass er in großer Gefahr ist.

Konu läuft absichtlich in diese Richtung. Der Wolf ist eifersüchtig auf seinen beliebten Bruder. Er will Hakon einen üblen Streich spielen. Konu hat alles genau geplant.

Vor ein paar Tagen hat er das Loch getarnt, um Hakon eine Falle zu stellen.

Nur noch ein paar Meter. Dann landet Hakon genau in Konus Falle. Eine Katastrophe!

Hakon weiß, dass er seinen Bruder erreichen kann.
Er setzt zu einem gewaltigen Sprung an ...

Echte Freundschaft

Alles passiert rasend schnell. Hakon springt ab, um Konu zu fangen. Er fliegt durch die Luft. Da sieht er unter sich eine Maus. Vor ihm wartet die Falle.

Kaum zu glauben, was nun passiert: Im Sprung wird Hakon zur Seite gedrückt. Als würden Zauberkräfte auf ihn wirken.

Wind kommt auf. Mit einem Sog zieht er die Blätter über der Falle weg. Hakon späht in das tiefe Loch.

Hakon verbeugt sich vor der Maus.
Höflich und dankbar.

Für Hakon sind alle Tiere des Silberwaldes gleich.
Gleich wichtig und gleich wertvoll. Große und kleine.

Ich bin Noki. Ich kenne dich schon lange.
Du kennst mich? Aber woher?
Aus der Burg deines Vaters. Ich wohne dort in einem Mauseloch. Ich bin dir schon ein paarmal über den Weg gelaufen. Aber du hast mich nie beachtet.
Das wird sich ab jetzt ändern. Du hast mir das Leben gerettet, Noki.

Ein Mäuschen, wie schmackhaft. Ein kleiner Happen zwischendurch. Genau das, was ich jetzt brauche.
Lass die Maus in Ruhe! Sie heißt Noki und hat mir das Leben gerettet. Noki steht ab jetzt unter meinem Schutz.

Von diesem Tag an sind Noki und Hakon beste Freunde. Unzertrennlich. Wo Hakon ist, ist auch Noki. Und umgekehrt.

Konu findet die Freundschaft seines Bruders mit Noki unmöglich. Ein Wolf und eine Maus? Das ist einfach nur peinlich. Wann immer es geht, ärgert er Noki.

Das Erbe

Einige Monate später möchte Lupo, der Hüter des Silberwaldes, sein Erbe regeln. Er ist alt geworden und will sich zurückziehen.

Warum er? Warum nicht ich? Ich bin stärker, größer und schlauer. Ich will Nalin dienen! Immer wird Hakon mir vorgezogen. Aber das lasse ich nicht zu!

Ich weiß, dass du etwas planst. Du willst nicht, dass dein Bruder Lupos Nachfolger wird. Ich werde dich genau beobachten, Konu!

Auch Hakon merkt, dass etwas nicht stimmt. Darüber muss er unbedingt mit Noki sprechen. Sie suchen sich einen Ort, an dem sie sich ungestört fühlen.

Was keiner von beiden ahnt:
Sie sind nicht allein.
Vergiss es, Brüderchen.
Und du, Noki, nimm dich in Acht. Ich mag dich genauso wenig wie du mich! Dieses Spiel gewinne ich! Ich kann es kaum erwarten.

Wo er nur kann, ruft Konu zum Widerstand auf. Sein Bruder soll auf keinen Fall der Nachfolger von Lupo werden.

Wenn ich Lupos Nachfolger werde, zeigen wir allen unsere Macht. Wir sind stark und furchtlos. Groß und mächtig! Steht ihr auf meiner Seite?

Weil sein Vater zu schwach ist, führt Hakon für ihn Gespräche. Alle Tiere des Silberwaldes können mit ihren Sorgen und Nöten zu ihm kommen. Für alle hat er ein offenes Ohr.

Hakon macht seine Sache gut. Sehr gut sogar. Morgen soll er zu Lupos Nachfolger ernannt werden.

Tut mir leid, Konu. Ich habe es mir anders überlegt. Hakon ist ein guter Wolf.
Genau wie Lupo früher.
Ein wahrer Anführer im Silberwald.

Jetzt reicht es!
Du wirst dich noch wundern, Brüderchen.
Ihr alle werdet euch noch wundern.
Rache!

Ein fieser Plan

Der Tag der Verkündung des neuen Hüters ist gekommen. Alle Tiere aus dem Silberwald haben sich in Lupos Burg versammelt. Doch einer fehlt. Hakon! Er ist wie vom Erdboden verschluckt.

Was keiner ahnt: Konu hat die Fuchsbande beauftragt, seinen Bruder zu entführen.

Was sollen wir später mit ihm anstellen? Auffressen vielleicht?
Nicht nötig. Wir lassen ihn hier in der Höhle unter der Erde vergammeln.
Unser Auftraggeber will nur, dass er nie wieder zu Lupos Burg kommt.

Die Füchse schleppen Hakon in eine **dunkle Höhle**.
Rein mit dir, Wolf.
Was wollt ihr von mir?
Ich bin Hakon, Lupos Sohn.
Genau deshalb
bist du hier!

Tief unter der Erde liegt das Gefängnis von Hakon.
Es ist kühl und riecht modrig.

Fieberhaft sucht Hakon nach einer Möglichkeit zur Flucht. Doch die Füchse haben Hakon angekettet. Wie soll er sich so befreien?

Grrrrrr!
Jetzt versperren sie auch noch den einzigen Zugang zur Höhle. Die Lage scheint völlig aussichtslos zu sein.
Ich hoffe, dass mich mein Bruder Konu sucht und findet. Auf ihn kann ich mich verlassen.

Du musst mich als deinen Nachfolger bestimmen, Vater. Die Gäste warten.
Aber ... Ich kann mir das einfach nicht vorstellen. So ist Hakon nicht.
Du kennst ihn nicht richtig. Er ist feige und verantwortungslos.
Meinst du?

Doch manche Tiere schöpfen Verdacht.

Nokis wahre Gestalt

In der dunklen Höhle liegt Hakon währenddessen traurig und erschöpft auf dem kahlen Steinboden. Doch plötzlich ...

Es ist so ... dunkel hier unten.
Die Luft ist schlecht und ich fühle
mich schwach. Bring dich in Sicherheit,
mein Mäuschen.
Hakon! Ich bin mehr
als eine Maus.

Ich verstehe nicht ...

In diesem Moment beginnt Nokis Verwandlung.

Die kleine Maus Noki ist in Wirklichkeit Nalin, die Königin der Wölfe. Die stärkste, schönste und schlaueste Wölfin im ganzen Land.

Meine Königin.
Nicht doch, Hakon. Wir sind Freunde. Maus oder Wölfin, unser starkes Band bleibt. Du behandelst alle Tiere gleich, groß oder klein. So halte ich es auch.
Das ist Nalin, die Königin der Wölfe.
Wie schön sie ist!
Und so stark!

Ich habe mich als Maus getarnt, damit ich dich und deinen Bruder wirklich kennenlernen konnte. Auch für mich ist es wichtig, dass der künftige Hüter des Silberwaldes der Richtige ist.
Konu ist für deine Entführung verantwortlich.
Er ist eifersüchtig auf dich. Das war er schon immer.
Waaaaas?

Ich kann einfach nicht glauben, dass mein Bruder zu so etwas fähig ist. Ich brauche Beweise für seine Schuld, Nalin. Kannst du das verstehen?
Mein Zepter wird die Wahrheit zeigen.

Gemeinsam werden wir in die Burg zurückkehren und deinem Vater die Wahrheit sagen.

Hakons Wächter haben gehört, dass sich der Wolf mit jemand anderem unterhält. Sie stürmen in die Höhle. Als sie Nalin sehen, weichen sie erschrocken zurück. Sie haben die Königin der Wölfe sofort erkannt. Keiner würde es wagen, sich mit ihr anzulegen.

Nalin! Was ... was tust du hier?
Die Frage ist doch eher: Was macht ihr mit Hakon? Sollte er nicht heute zum Nachfolger von Lupo ausgerufen werden?
Das war nicht unsere Idee ...
Ich weiß, wer euch den Auftrag gegeben hat. Macht den Weg frei und verschwindet von hier. Dann lasse ich euch gehen.

Gerechtigkeit siegt

Nalin und Hakon kehren in die Burg zurück. Nicht durch den dunklen unterirdischen Gang, sondern durch den Silberwald. Immer mehr Tiere schließen sich ihnen an.

Endlich erreichen Hakon und Nalin die Burg.
Dort wird Konu gerade zum neuen Hüter des Silberwaldes gekrönt.
Hakon! Wie konntest du mir das antun? Du bist vor der Verantwortung geflohen.
Hast du es dir anders überlegt, Feigling? Du kommst zu spät, Brüderchen.

Konus Frechheit macht selbst Königin Nalin für einen Moment sprachlos. Doch ihre Augen sprechen Bände. Mit einem Kopfnicken begrüßt sie Lupo. Dann schreitet sie ruhig auf Konu zu.
Sie weiß, dass Konu sie fürchten muss.
Und das tut er!

Nalin, meine Königin. Welche Ehre! Bist du gekommen, um meinen Nachfolger zu begrüßen?
Ich nehme an, du hast Hakon irgendwo im Silberwald aufgegriffen?
Leider hat sich mein Sohn vor seiner Aufgabe gedrückt. Ich schäme mich für ihn.

Noch ahnt Lupo nicht, dass Hakon ihn keineswegs enttäuscht hat.

Konu will fliehen, aber ein Bär hält ihn fest.

Dann erzählt Nalin, was geschehen ist.

Das erledige ich selbst. Konu wird sich als Untergebener in meinem Rudel bewähren müssen.
Hakon soll dein Nachfolger werden, Lupo. Als Hüter des Silberwaldes soll er mein Freund bleiben und mir als engster Berater dienen.
Er hat einer kleinen Maus Geduld, Freundschaft und Fürsorge geschenkt. Hakon wird auch mit allen anderen Tieren gerecht umgehen.

Und so kommt es, dass Hakon
doch noch Lupos Nachfolger wird.
Er wird ein geachteter Hüter des Silberwaldes.
Ein treuer Diener Nalins.

Schon gewusst?

Hakon (Seite 6):

Hakon kommt vom norwegischen Vornamen Håkon. Er bedeutet „hoher Sohn“. Viele norwegische Könige hießen so. Und auch der Wolf Hakon trägt schon im Namen, dass er seinem Vater als Hüter des Waldes folgen soll.

neidisch (Seite 24):

Neidisch ist man, wenn jemand anderes etwas hat, das man gern selbst hätte. Konu ist neidisch, weil Hakon beliebter ist als er und der Nachfolger ihres Vaters werden soll. Glücklicher ist man allerdings, wenn man zufrieden mit dem ist, was man hat.

Rache (Seite 31):

Konu fühlt sich ungerecht behandelt und will es Hakon heimzahlen – er will sich rächen. Rache kann sich anfühlen wie eine Art Ausgleich, um für Gerechtigkeit zu sorgen. Aber ist es gerecht, was Konu mit seinem Bruder macht?

dunkle Höhle (Seite 35):

Füchse leben in einem Bau unter der Erde. Die große dunkle Höhle des Baus nennt man auch „Kessel". Wölfe schlafen normalerweise unter Bäumen oder geschützt hinter Felsbrocken. Nur wenn sie ihre Jungen aufziehen, suchen sie sich eine Höhle – oder auch mal einen verlassenen Fuchsbau.

Verschwörung (Seite 39):

Bei einer Verschwörung plant eine Gruppe heimlich etwas Böses oder Verbotenes. In dieser Geschichte sind Konu und die Füchse die Verschwörer. Sie entführen Hakon, um Konu zum Hüter des Silberwaldes zu machen.

Blättere schnell um und trage die unterstrichenen Buchstaben in der richtigen Reihenfolge in die Kästchen ein!

Das Leselöwen-Lösungswort

Besuche den Leselöwen auf www.leseloewen.de und trage die unterstrichenen Buchstaben von den Seiten *Schon gewusst?* in der richtigen Reihenfolge in die magische Box ein.

K

Wenn du das Lösungswort gefunden hast, kommst du auf die geheime Seite mit vielen weiteren Spielen und Rätseln!

Der Leselöwe freut sich auf dich!

Jetzt online!

Barbara Rose ist Kinder- und Jugendbuchautorin und Journalistin. Über zehn Jahre lang hat sie sich Geschichten fürs Fernsehen ausgedacht und Sendungen für Kinder und Jugendliche im Radio moderiert. Inzwischen arbeitet sie als freie Autorin und kann das tun, was ihr am meisten Spaß macht: Bücher schreiben und daraus vorlesen. Sie wohnt mit ihrer Familie bei Stuttgart.

Mehr zur Autorin unter:
www.barbara-rose.info

Philipp Ach, geboren 1993, hat Illustration und Design an der Fachhochschule Münster und der HAW Hamburg studiert. Heute arbeitet er als freiberuflicher Illustrator im Emsland. Er illustriert Spiele, Bücher und alles, was kleine Abenteurer in fantastische und fremde Welten eintauchen lässt. Wenn er nicht gerade arbeitet, genießt er seine Zeit beim Gärtnern oder bei einem guten Brettspiel.

3. Klasse

Leselöwen

Besser lesen

Die Nr. 1 für den Leseerfolg

ISBN 978-3-7432-1894-9

ISBN 978-3-7432-1895-6

ISBN 978-3-7432-2068-3

ISBN 978-3-7432-1787-4

ISBN 978-3-7432-1817-8

ISBN 978-3-7432-2027-0

Loewe

Das will ich lesen!